AF210930

Conny Mayrobnig, aufgewachsen in St.Valentin, NÖ, studierte Englisch und Italienisch in Wien, wo sie auch unterrichtete. Sie dichtet, malt und singt in verschiedenen Chören, ist Singer-Songwriterin und gibt immer wieder kleine Konzerte.

Vor einigen Jahren entdeckte sie ihre Liebe zum idyllischen Ort Liebing, weshalb das Buch diesem Dorf im Mittelburgenland gewidmet ist.

Bisher erschienen: Dunkelbuntes (Gedichte und Prosa)

Conny Mayrobnig

... und die Zikaden zirpten

Zwischen Liebing, Griechenland und Ostsee

Gedichte, Liedertexte, Prosa

Bibliografische Information der Deutschen Nationalbiblio-
thek: Die Deutsche Nationalbibliothek verzeichnet diese
Publikation in der Deutschen Nationalbibliografie; detail-
lierte bibliografische Daten sind im Internet über
http://dnb.dnb.de abrufbar.
Die automatisierte Analyse des Werkes, um daraus Infor-
mationen insbesondere über Muster, Trends und Korrelati-
onen gemäß §44b UrhG („Text und Data Mining") zu gewinnen, ist untersagt.

Autorin: Conny Mayrobnig
Umschlaggestaltung inkl. Bild: Conny Mayrobnig

Verlag: BoD · Books on Demand GmbH, In de Tarpen 42,
22848 Norderstedt
Druck: Libri Plureos GmbH, Friedensallee 273, 22763 Hamburg

ISBN: 978-3-7597-6211-5

INHALTSVERZEICHNIS

Vorwort

Gedichte

In Liebing
I bin in Liebing

Absurd
Es weihnachtet
Denk ich an damals
Aufs Wasser schau'n
Je suis ici
Mut zum Ich
Ich will die Zukunft grün
Subtilität ist der Schrei
Wenn der Himmel immer blau wär (Song)
Farbenallerlei (Song)
So ein Gewitter
Auf dem Weg, den ich grad geh' (Song)
Summa (Song)
Es ist wieder mal Zeit (Song)
...und wenn du es nur willst
Deine Blicke

Red clover
Is time...?
Winter (Song)
Into the blue
Sunbeams (Song)

Prosa

Vorwort

Dieses Buch mit seinen vom kurzen Gedicht zur Kurzge-schichte an Länge aufsteigenden Texten ist einem kleinen Dorf im Mittelburgenland gewidmet. Es heißt Liebing, und es ist mir mit seiner lieblichen und inspirie-renden Landschaft und den vielen netten Menschen, denen ich hier und in den angrenzenden Ortschaften begegnet bin, ans Herz gewachsen.

Glauben Sie mir: es tut gut, Gedanken, Stimmungen, Beobachtungen oder Erinnerungen in Worte zu fassen und seiner Phantasie freien Lauf zu lassen!
Haben Sie es schon einmal probiert?

Ich wünsche Ihnen jedenfalls viel Vergnügen beim Le-sen und, wer weiß, vielleicht sogar beim Dichten!

Conny Mayrobnig

Liebing
lieb
bing-o!
in
Liebing
bin
ich
ich

Gedichte

Für Liebing

In Liebing

beginnen Träume
zu blühen.
Unter den Bäumen.
Den Kraftspendenden.
Sonnenträume.
Gewinnen Augen an Lächeln.
Anders als sonst wo.
Verfangen sich Blicke
im Grün der Blätter.
Verwandeln sich
in sichtbare Freude.
In Dankbarkeit.

In Liebing

I bin in Liebing

Wån in Liebing die Sunn aufgeht
und i vom Fensta aus auf die Föda rausseh,
öffnet sich in mir a Tüa,
und i bin froh wie nu nia.

Wån i in Liebing spazier'ngeh
oda in da Umgebung, am Lockenhaus Schlosssee,
erfüllt's mi jed'smal mit *Freid* -
es is ned nur die Natur, es san a die *Leit*.

Es is anders hier, såg i mir.
I bin glücklich, weil sich mei Blick verliert,
in die Wies'n und Hügl, die Vögel und Pflånz'n.
Da fångt's in mir manchmal an sanft zu tånz'n.

Immer auf's *Neie*, immer und immer wieder.
Es is afoch scheen hier, net nur in da *Fruah*.

Rotföhr'nwälder, Wies'n und Reh,
die Güns und da Ritzinger See in da Näh.

I geh gern nach Köszeg über die Gschriebenstein Höh,
und des, was i dabei erleb, is guat für die *Söh*.

Bei de Kastanienbam *spiast* kaum an Wind.
Nur die Stille, die Ruhe, die mi durchdringt.
Und wån sich dann des, was ma „Freiheit" nennt,
in mir varennt, hob i kriagt, wonåch sich mein Herz
sehnt.

I bin in Liebing.

Und des is guat so.

Föda=Felda Freid=Freude Leit-Leute valiart=verlier t Neie=Neue
Fruah=Früh Söh=Seele spiast=spürst

Allerlei

Absurd

Ein Kettenraucher aus Nizza,
der im Tank seines Autos nach Sprit sah,
flog mit ´nem Krach durch's Garagendach
einem staunenden Gast auf die Pizza.

Es weihnachtet

Im Herzen weihnachtet es sehr.

Die Kerzen auf dem Christbaum schwer.

Ein Schokoringerl fällt herunter.

Ein Bengerl fängt es auf ganz munter

und stopft es rein ins Zuckergoscherl,

das kecke, allerliebste Froscherl!

DENK ICH AN DAMALS,

als die Welt noch anders.

Die Häuser nicht so zahlreich, nicht so hoch.

Als ringsherum noch Felder, Wiesen, Wälder uns're

Blicke streiften.

Asphalt schon nützlich, doch nicht überwog.

Als wir auf klapprigen Fahrrädern

holprige Feldwege entlang ritten.

Die Wangen rot und schallend lachend

wir vor Leben sprühten.

Als wir, die Herzen laut und furchtlos klopfend,

barfuß im warmen Sommerregen

Arme und Gesichter in den Himmel streckten,

SPÜRE ICH FREIHEIT.

Aufs Wasser schau'n

Aufs Wasser schau'n
und träumen.
Aufs Wasser schau'n
und nichts versäumen.
Aufs Wasser schau'n
und vieles klären.
Aufs Wasser schau'n
und sich der Stille nicht erwehren.

So werden glasklar die Gedanken.
Es öffnen sich so manche Schranken...

und es kehrt Ruhe ein.

Aufs Wasser schau'n
und träumen.
Aufs Wasser schau'n
und nichts versäumen.

Aufs Wasser schau'n
und vieles klären.
Aufs Wasser schau'n
und sich der Stille nicht erwehren.

Du spürst auf einmal wieder, was du willst,
erkennst ein Ziel, das es anzustreben gilt…

und es kehrt Ruhe ein.

Je suis ici pour vivre

Ich bin noch nicht so weit.
Hab noch ein wenig Zeit.
Es gibt noch viel zu tun.
Es ist zu früh, schon jetzt zu ruh'n.

Drum sag ich mir:
Hinein ins Leben!
Ich muss noch einmal richtig beben.
Will Liebe spüren und auch geben.

Je ne veux pas encore partir.
Je ne veux pas encore morir.
Je suis ici pour vivre.

Mut zum Ich

Mach dich hörbar,
mach dich sichtbar,
bleib nicht steh'n.

Verlier dich nicht im Nebel,
denn es gibt genug Licht zu seh'n.
Halt fest an dem, was dich schmückt, was du kannst,
was du bist
und sprich aus, was dich bewegt.
Damit du nicht verstummst
und vergisst, was es ist,
das dir am Leben gefällt,
deine Augen mit einem Strahlen und Lächeln erhellt.

Mach dich hörbar.
Mach dich sichtbar.
Bleib nicht steh'n.
Lass das Leben nicht spurlos
an dir vorüber geh'n.

Ich will die Zukunft grün

Ich will die Zukunft grün.
Dass Pflanzen immer wieder blüh'n
und Bäume nicht verbrüh'n.

Ich will, dass Menschen endlich seh'n,
weil sie Gefahren auch versteh'n.
Inseln nicht untergeh'n.

Ich will mein Leben danach richten,
Handlungen setzen und bewusst gewichten,
anstatt Landschaften zu vernichten.

Ich will mich auf die Zukunft freu'n,
die Taten meines Lebens nicht bereu'n.
Lasst uns gemeinsam neue Wege geh'n
und Wahrheiten nicht länger mehr verdreh'n!

Wollen wir denn, dass ganze Landstriche verbrennen
und Menschen und Tiere um ihr Leben rennen?
Weil wir die Realität verdrängen?

Weil wir zu bequem sind einzulenken,
unsere Arme in Gleichmut verschränken
und die Chance auf Veränderung verschenken?

Doch wollen wir nicht die Zukunft grün?
Für unsere Kinder, dass Pflanzen immer wieder blüh'n
und Bäume nicht verbrüh'n?

Für unser, euer, aller Leben...
wollen wir nicht ein kleines bisschen geben?

Subtilität

Subtilität ist der Schrei.
Mit Subtil bist du in, bist dabei.
Flüssig oder in Pulverform.
Ein Bad, halb oder voll...

Ein Becher voll Intellekt.
Ich hoffe, dass der Inhalt auch schmeckt.
Gewürzt mit Koketterie,
denn anders erreichst du es nie.

Und dann drehst du dich wie ein Kreisel,
stolz und laut, niemals ganz leise.
Spielst mit allen, verdrehst ihnen den Sinn.
Du kriegst das wirklich gut hin.

Geblendet von deiner Fassade
erkennen sie nicht deine Pomade.
Tauchen ein in das Spiel greller Maskerade,
lächeln geschmeichelt und süß wie Schokolade.

Ja, Subtilität ist der Schrei.

Mit Subtil bist du in, bist dabei.

Flüssig oder in Pulverform.

Ein Bad, halb oder voll...

Ein Becher voll Intellekt.

Ich hoffe, dass der Inhalt auch schmeckt.

Gewürzt mit Koketterie,

denn anders erreichst du es nie.

Wenn der Himmel (Song)

Wenn der Himmel immer blau wär
und die Nacht ein Paradies!
Wenn das Leben immer leicht wär,
nie die Hoffnung uns verließ!

Keine Kämpfe, keine Sorgen.
Alles für uns schon geplant.
Niemals Fragen nach dem Morgen,
nicht einmal was zu verborgen,
weil schon jeder alles hat.

Wollen wir ihn wirklich missen,
diesen Wellengang des Lebens?
Wollen wir, aus lauter Trägheit,
uns keine Risken auferlegen?

Keine Ängste, keine Sorgen.
Alles für uns schon geplant.
Niemals Fragen nach dem Morgen,
nicht einmal was zu verborgen,
weil schon jeder alles hat.

Wenn die Frage nach dem Sein
nie den Kopf durchrütteln würde!
Alles glatt und schön und rein,
keine Risse, keine Furchen!

Keine Kämpfe, keine Sorgen.
Alles für uns schon geplant.
Niemals Fragen nach dem Morgen,
nicht einmal was zu verborgen,
weil schon jeder alles hat.

Farbenallerlei (Song)

Wenn Rot mit Blau die Plätze tauscht,

sich statt mit Gelb mit Grün berauscht.

Lila mit Rosa harmoniert,

doch Blau ganz schamlos provoziert.

Wenn Grau sich aus der Stube wagt,

weil Schwarz ihm schöne Worte sagt.

Wenn Pink galant die Hüften schwingt,

dass Violett um Atem ringt,

Orange sich in die Sonne legt,

und Braun charmant darüber fegt...

Im bunten Farbenallerlei werden aus Zwei sehr oft mal

Drei.

Wenn Rot Blicke auf Lila lenkt,

bis dieses ihm ein Lächeln schenkt.

Wenn Rosa sich zu Blau hinwendet

und vielsagende Zeichen sendet.

Wenn Grau schüchtern die Augen hebt

und Violett darauf erbebt.

Wenn Schwarz heftig von seinem Cocktail schlürft,

weil Pink sich in grelle Schale wirft.

Wenn Gelb die Treppe hinauftänzelt

und Grün ihm hinterherschwänzelt...

Im bunten Farbenallerlei werden aus Zwei sehr oft mal
Drei.

So ein Gewitter

Wenn Worte wie Hagel
von deinen Lippen jagen,
der Sturm uns zu Boden reißt,
uns der Verstand entgleist,
und wir schrei'n uns an, schrei'n uns an, schrei'n uns an:

Ich liebe dich, was willst du noch.
Ich glaub es kaum.
Gib mir mehr Raum.
Ich bin kein Traum.
Ich bin echt, und es geht mir schlecht,
weil ich mehr Luft brauch, Luft brauch, Luft brauch...

So ein Gewitter hat etwas Peinigendes.
Doch auch etwas wunderbar Reinigendes.
Es entfacht Funken.
Es macht betrunken.
Es tropft zu Tränen.
Es lässt uns beschämen.
Trotzdem lassen wir es uns nicht nehmen.

Denn so ein Gewitter hat etwas Peinigendes.

Doch auch etwas wunderbar Reinigendes.

Es hagelt Worte.

Es entlädt Blitze.

Es donnert Groll.

Es hinterlässt Hitze.

Wenn wir uns wieder in den Armen liegen.

Ja, so ein Gewitter hat zwar etwas Peinigendes,

doch auch etwas wunderbar Reinigendes.

So ein Gewitter

Auf dem Weg (Song)

Auf dem Weg, den ich grad geh,
fühl ich mich endlos zu Haus.
Hab genug geseh'n, erlebt,
viel gelacht, geweint, getanzt,
manches bewegt.
Und wollte mal raus.
Und brach einfach aus.

Es ist der Augenblick, der mich anlacht.
Es ist der Augenblick, der mich anmacht.

Wenn der Himmel noch so grau,
seh' ich Lichter über mir.
Hab Höh'n und Tiefen absorbiert,
Ketten gesprengt, wenn sie mir zu eng.
Brauch nicht mehr neuen Mut,
weil alles in mir ruht.

Es ist der Augenblick, der mich anlacht.

Es ist der Augenblick, der mich anmacht.

Muss nicht mehr fort, nicht mehr lang verreisen.

Nicht mehr davonlaufen, mir nichts mehr beweisen.

Bin einfach hier, im Moment, der mich trägt.

Mir das Gefühl gibt: Das ist mein Weg.

Denn jetzt ist alles gut.

Ja, jetzt ist alles gut.

Es ist der Augenblick, der mich anlacht.

Es ist der Augenblick, der mich anmacht.

Und wån da Summa kummt (Song)

Und wån da Summa kummt,

wird's endlich warm.

Und wån da Summa kummt.

Und wån da Summa kummt, wird's endlich warm

um's Herz ...

Weil es die kalt'n Stimmen nimma gspiat.

Es für a Zeit nimma so heftig friert.

Sich Traurigkeit im Blau verliert.

Ein Lächeln deine Lippen ziert.

Und wån da Summa kummt,

wird's endlich warm.

Und wån da Summa kummt.

Und wån da Summa kummt, wird's endlich warm

um's Herz ...

Weil dich des Grün schützt wie a dicke Haut.

Auf die sich kana wirklich drübertraut.

Bis dass der Herbst dann drüberfegt.

Und sågt: es is scho spät....

Und wån da Summa kummt,

wird's endlich warm.

Und wån da Summa kummt.

Und wån da Summa kummt, wird's endlich warm

um's Herz ...

Die Luft- sie is so vogelfrei.

Mit Flügln wärst du voll dabei.

Du tramst die auf an hoh'n Bam.

Von oben is da Mensch so klan.

Und wån da Summa kummt, wird's endlich warm.

Und wån da Summa kummt.

Und wån da Summa kummt, wird's endlich warm

um's Herz

Es ist wieder mal Zeit (Song)

Es ist wieder mal Zeit, ein Lied zu schreiben,
sodass sich die Gedanken reiben.
Es ist wieder mal Zeit, den gewohnten Weg zu verlassen
und gegen trägen Strom
andere Straßen ins Auge zu fassen.

Weil es einfach gut tut, gut tut, gut tut,
wenn man sich wieder spürt.
Weil es einfach gut tut,
wenn man Träume realisiert.

Es ist wieder mal Zeit, ein Nein zu wagen,
seine Meinung zu äußern, was zu sagen zu haben.
Es ist wieder mal Zeit, sich einzumischen,
anstatt sich abzuwenden
und Spuren zu verwischen.

Weil es einfach gut tut, gut tut, gut tut
zu sagen, was man denkt und spürt.
Weil es einfach gut tut,
zu sagen, was einen berührt.

Es ist wieder mal Zeit, sich zu hinterfragen
und sich zuzutrau'n, was Neues zu wagen.
Es ist wieder mal Zeit, aus seinem Schatten zu springen,
rein ins Licht
und nach vorwärts zu drängen.   ·

Weil es einfach gut tut, gut tut, gut tut,
wenn man sich wieder spürt.
Weil es einfach gut tut,
wenn man Träume realisiert.

...und wenn du es nur willst

Manchmal nimmst du Drogen
zum Kontrollverlust.
Doch der bringt letztendlich
nichts als Frust.
Nimmt dir dein Lächeln
und lässt dich nur kurz vergessen,
was dich gefangen hält.
Du musst dich stellen,
den hohen Wellen.
Musst sie durchschwimmen
aus eigener Kraft.
Nur so bleibst du oben,
wirst stark, kannst nehmen und geben
und kommst zurück
ins Leben.

Denn zum Glück sind wir hier.
Das ist unsere Chance.
Bleib nicht steh'n, lass dich nicht geh'n,
wenn ein Schatten fällt.
Es ist ein Privileg
zu entscheiden den Weg,
und wenn du es nur willst,
findet sich immer wieder eine Brücke, ein Steg.

Du darfst nicht erwarten,
dass die anderen dein Leben leben.
Wie soll das schon gehen!
Was immer sie gesagt,
die Vergangenheit dir angetan...
lass sie ruh'n und verzeih.

Leb im Hier, leb im Jetzt,
damit dich die Dunkelheit nicht zerfetzt,
dich nicht auffrisst dein Selbstmitleid,
sondern Platz macht der Heiterkeit
und der Schatten von dir fällt,
deinen Blick erhellt,
dir Liebe nicht mehr fehlt,
weil du weißt, was zählt.

Denn zum Glück sind wir hier.
Das ist unsere Chance.
Bleib nicht steh'n, lass dich nicht geh'n,
wenn ein Schatten fällt.
Es ist ein Privileg
zu entscheiden den Weg,
und wenn du es nur willst,
findet sich immer wieder eine Brücke, ein Steg.

Deine Blicke

Deine Blicke, sie sagen mir:
da ist etwas, das dir nicht passt an mir.
So sag schon, was es ist, was ist los,
lass uns reden, sonst geht alles nach hinten los
bis wir nicht mehr wissen, warum wir zusammen sind
und letztendlich achselzuckend auseinander geh'n.

Ja, deine Blicke, sie sagen mir:
da ist etwas, das dir nicht passt an mir.
So sag schon, lass uns diskutieren,
uns in die Augen seh'n und klar aussprechen,
was wir denken und fühlen.

Deine Meinung ist mir wichtig.
Sie nicht kundzutun, scheint mir nicht richtig.
Wir waren uns doch mal sehr nah.
Nun, da wir auseinander driften,
wird uns klar, dass wir uns nicht wirklich wahrnahmen,

über die Bedürfnisse des Anderen hinwegsahen,

weil es bequemer ist,

sich mit ihnen nicht auseinanderzusetzen

und damit, was unsere Träume und Sehnsüchte könnte

verletzen.

Einander nicht so zu akzeptieren wie man ist,

weil man zu sehr in sich selbst verliebt ist

und fordert, dass der Andere sich unterwirft

und auf sich selbst vergisst....

Das geht doch nicht!

Ja, deine Blicke, sie sagen mir:

da ist etwas, das dir nicht passt an mir.

So sag schon, lass uns diskutieren,

uns in die Augen seh'n und dabei aussprechen,

was wir denken und fühlen!

Oder wollen wir es riskieren

auseinanderzugeh'n,

nicht mal in Freundschaft,

sondern auf Nimmerwiederseh'n?

Englische Gedichte

Red clover

Red clover
feel sober
lean over
and dip into my pinetops green.

Brown's fading
Blue's invading
No degrading
And love is more than just a dream.

Rigid frames become circle games.
Broken wings are healing.
Thoughts turn into plucky words
and even break harsh ceilings.

Blue rover
Hangover
Move over
While staggering along stony roads.

Warm feelings
No kneeling
Fair dealing
And easiness is breaking free.

Is time...?

Time is a thing that no one knows.
With feathers or without?
Sometimes I think it's slim like me.
Sometimes I think it's stout.

I wonder if it trickles
along a windy road.
Or does it run and never stop
in front of any door?

It passes through our daily grind
crossing the tangle of our lives.
It never asks for a single crumb
and nonetheless survives.

Winter (Song)

Winter's sneaking through the windows
and it's time to close the doors.
Sighing flowers in the gardens,
fields in frosty morning glow.

Daytime's rushing through the hours.
Darkness sings a lullaby.
Slow the movements in the mornings.
Sunrays are still far away.

Deer and crows on empty meadows.
Wafts of mist their only shield.
Candles shine through early evenings,
giving hope, chasing away fear.

Winter has its fascination.
Brightly shines its coat of snow.
Without it, it's often dreary,
makes us wonder whether stay or go.

Into the Blue

Into the blue

And out of the gray

Crossing an ocean

Knowing the way

Fishing for words

That have a say

Leaving behind a cloudy day

Flirting with daydreams

Making them real

Climbing some mountain

To work out a deal

Singing a song

That makes you smile

Peaceful your thoughts

For quite a while

Reach out your arms

And spread your wings

Don't let them make you

Blind and still

Show them how precious

Words can feel

Tender your thoughts

Yet strong your will

Sunbeams (Song)

Sunbeams everywhere
In the flowers, in the trees
On the surface of the seas
They're in your heart and your soul
When sipping from this golden bowl

Life is full of wishes
Life is a surprise
Never empty, lovely dishes
Let your thoughts fly high

Sunbeams sunbeams sunbeams sunbeams
Sunbeams everywhere
Let us fly high let us fly high let us fly high

Sunbeams everywhere
In the flowers, in the trees
On the surface of the seas
They're in your heart and your soul
When sipping from this golden bowl

Wind and waves keep your mind running

Wind and waves keep your thoughts spinning

Make your smile winning

How beautiful a day

Sunbeams sunbeams sunbeams sunbeams

Sunbeams everywhere

Let us fly high let us fly high let us fly high

Prosa

Erinnerungen

Liebe Tante Inge!

Ich denke gerade an dich, wieder einmal, leicht wehmütig. Ich suche Backrezepte, Partyrezepte, und habe ein Kochbuch im Küchenschrank entdeckt, das mir offensichtlich irgendwann einmal in die Hände gefallen sein muss, obwohl es eigentlich ein Geschenk an meine Mutter war – es steht nämlich auf der ersten Seite eine Widmung:

> Weihnacht 2003.
> Herzlichst!
> Deine Schwester Inge

Deine Schrift ist zittrig, möglicherweise ging's dir damals nicht mehr ganz so gut. Du warst ja nicht mehr die Jüngste.
Eines ist sicher: Du fehlst. Uns allen. Vor allem uns Kindern von damals. Noch immer. Der Geruch deiner Wohnung fehlt. Dieser Geruch nach... na ja, wie soll ich ihn beschreiben...nach Tante Inge eben. Deine Chaosküche, weil wenig Platz, fehlt. Deine schusselige Art zu kochen, fehlt. Aber am meisten von Allem ist es dein Lachen, das fehlt. Dieses laute, helle, herzliche Lachen. Und die Fröhlichkeit, die dich umgab.
Du warst Leben, Zufriedenheit, Liebe. Obwohl du alleinerziehende Mutter zweier Kinder warst, weil dein Mann jung aus dem Leben geschieden war. Auch wenn du beim BDM warst, glühende Hitlerverehrerin als junge Lehrerin. So wie viele andere junge Frauen in jener Zeit. Blind gewaschen von der Propaganda jener unfass-

baren Verbrecher. Aber das soll keine Entschuldigung sein für deine Gesinnung. Bis dir dein Vater die Augen öffnete, indem er dich zwang nachzudenken, um dich vom eingeschlagenen Weg wieder abzubringen. Was du letztendlich tatest. Auch wenn gewisse Phrasen durch eingebläute Sichtweisen nicht ganz aus deiner Gedankenwelt zu verbannen waren.

„Rassenmischung – das ist Rassentod", war ein Spruch, den du einmal von dir gabst und der mich erschütterte. Auch wenn du dann gleich wieder an dir selbst zweifeltest, wenn man dich fragte, wie du das meintest. Italiener blieben eher Verräter, auch wenn du dabei lachtest, wenn du das sagtest. Wir lachten auch. Wir nahmen dich nicht ernst, weil wir den ganz anderen, warmherzigen Menschen in dir spürten. Obwohl... Franzosen mochtest du... nicht nur, weil du Französisch in der Schule gelernt hattest.

Trotzdem: Unvorstellbar wäre für dich gewesen, wenn deine Kinder oder wir eine Beziehung mit einem Afroamerikaner eingegangen wären. Auch wenn du nichts Böses sagtest über andere Hautfarben, nichts gegen diese Menschen an sich hattest. Nur: Nähe zu ihnen, sich mit ihnen zu vermischen, das war für dich ein nicht nachvollziehbares sondern anstößiges bis vielleicht sogar abstoßendes Verhalten. Wir mussten trotzdem lachen, wenn das Gespräch auf Ausländer kam, wenn du unverblümt ehrlich sagtest, was wir nicht ernst nehmen konnten.

Denn du warst eine glühende Sozialdemokratin geworden, die vehement für die Armen und Benachteiligten dieser Gesellschaft eintrat, die schwachen Schülern bei ihr zu Hause unbezahlte Nachhilfe erteilte, und die auch jeden Sonntag die Messe besuchte.

Ja, wir - deine Kinder, deine Enkelinnen und Enkel, deine Nichten und Neffen - konnten mit deiner Vergangenheitsbewältigung gut leben. Sie war nicht präsent für uns. Wir wussten nur davon. Und wenn du mit deinen eigenen Kindern manchmal diesbezüglich anderer Meinung warst, so wurde dir auch jedes Mal bewusst, dass dich gerade die Vergangenheit eingeholt hatte.

Ja, wir alle liebten dich. Deine Herzlichkeit. Deinen unüberbietbaren Humor. Deine Güte, wenn es darum ging, uns zu helfen oder zu verstehen und mit einem geschützten Ort aufzuwarten, an dem wir uns erholen und einfach wir selbst sein konnten.

Öffneten wir die Tür zu deiner hellen Wohnung, hörten wir deine fröhliche Stimme, umfing uns der vertraute Geruch deiner Räumlichkeiten, fielen bedrückende Stimmung und innere Anspannung von uns ab, denn wir tauchten ein in eine Aura unerschütterlicher Geborgenheit.

Wir können und wollen dich nicht vergessen und noch immer geschieht es, dass wir dich herbeiwünschen in unser Leben: „Ach Tante Inge, mogst net oba kuma auf Kuch'n und Kaffee? Des warad so schee! Denn dass du nimma do bist, tuat imma nu weh!"

Deine Lisa

...und die Zikaden zirpten

Kreativurlaub in Griechenland

Ankunftstag Freitag 18. August 8h

Diesmal dauert es länger. Ich bin noch immer nicht in Stimmung. Mein Zimmer Nr. 9 in der Villa Linda ist das „Vogelhäusl" - ein Eckzimmer, ein wenig exponiert, sprich einsehbar und ungeschützt, weil die Terrasse weiter vorgesetzt ist als die der anderen Zimmer.
Ich schaue in die geliebten Pinien. Ich höre das Lärmen der Zikaden. Wie wild zirpen sie um die Wette! Schicken sich Botschaften zu, wer weiß welche. Setzen ein. Verstummen. Während eine andere Gruppe loslegt. Rhythmisch nicht ganz nachvollziehbar. Manchmal klingen sie wie: „Jetzt lass mich doch!" Dann wieder wie: „Es ist herrlich heiß" oder wie: „Heute abend geh'n wir aus, heute abend geh'n wir aus..."

Locken sie so die Weibchen? Graduell hörbarer werdend, wie nach dem 3., 4. oder 5. Bier – manche brauchen eben länger – legen sie schließlich so richtig los. Hemmungslos, die Männchen, denn sie sind die Radaumacher bei den Zikaden. Fast so wie im wirklichen Leben unter uns Menschen. Oder ist das heutzutage nicht mehr ganz so? Immer lauter und schneller steigern sie sich in den Rhythmus ihres Liedes hinein bis es eine fesselnde Dramatik annimmt und sich die Silben auf dem Höhepunkt auf einmal auflösen und zu einem homogenen Geräusch vermischen. Geschafft!

Nein, sie nerven mich nicht. Ich kann mich in ihrer Musik verlieren und lausche wie gebannt. So sitz ich da. Zurück vom Strand, vom Barstrand. Leider wollte sich nicht einmal dort die sonst recht vertraute Urlaubsstimmung meiner bemächtigen.

„Wird schon", meinte meine Bustransfernachbarin, die sich zufällig auch als meine Zimmernachbarin entpuppte und die mit dem Alleinreisen recht gut zurechtzukommen scheint.

Ich nicht. Ich bin noch nicht wirklich angekommen. Marlene, meine Griechenlandfreundin, kommt leider erst nächste Woche. Ich hatte schon zu Hause Probleme damit, effizient gegen Einsamkeit anzukämpfen, gegen unangenehme Erinnerungen, Selbstvorwürfe, Selbstmitleid, Kränkungen und und...

Die Energie und Ausgeglichenheit, etwas Neues anzugehen oder einfach nur zu lesen, zu schreiben oder ein Bild fertig zu malen, fehlen mir.

Werde ich sie hier wieder gewinnen? Oder wieder „nur" Tanz und Pilates, zwei der zahlreichen Kreativkurse, machen? Zumindest in der ersten Woche?

Ich schnappe mir einen freistehenden Einkaufstrolley und schlendere zum kleinen Lebensmittel- und Gemüseladen, freue mich über die vertrauten Gesichter und decke mich mit den ersten Fressalien ein. Ich beginne langsam, den strahlenden Tag wahrzunehmen, die Wärme, die blühenden Oleander, den staubigen Weg, die unzähligen Olivenbäume, die lustigen Hühner, die frei herumlaufen, und lasse ein leises Gefühl der Dankbarkeit zu.

Und jetzt? Ja, das Meer ist herrlich, fast zu warm. Eine ständig wehende Brise macht die Hitze erträglich. Doch mein Herz hüpft noch nicht vor Freude, vor jugendlicher Neugierde, lacht noch nicht so wie ich mir das so vorgestellt hätte.

Ich fühle mich träge, sehr träge. Andererseits hab ich noch so viel vor! Aber 55...bin ich wirklich schon so alt? Was für eine befremdend lähmende Zahl! 55 - wie geht das denn! Und dennoch ist da das Kind, das Mädchen, die junge Frau in mir. Trotzdem - 55 Jahre meines Lebens sind verstrichen. Das Gefühl auf einmal alt zu sein, schmerzt. Diesmal ist es ernst.

x x x

Ich habe vorhin eine Hornisse erlegt – gleich mit dem ersten Schuss mit einer Sandale hinauf ins hölzerne Dachgestühl – dort, wo sich Wespen oder Hornissen nur allzu gerne niederlassen. Ein Volltreffer! Bravo, Elsa, das hast du gut gemacht!

Und jetzt? Weiter lesen? Die Autobiographie einer berühmten Schauspielerin? Unglaublich, diese Frau! So viel Energie, so viel Willenskraft und Übermut!

Und jetzt? Noch immer keine Lust. Der Terrassensessel ist hart und unbequem. Ich hätte lieber eine Liege.

Soll ich schlafen geh'n? Jetzt, am Nachmittag? Ich habe schon am Strand gedöst und mein Schlafdefizit - bin ich doch durch den Nachtflug noch nicht zum Schlafen gekommen - ganz gut ausgeglichen. Aber vielleicht sollte ich doch kurz. Um für den langweiligen Kennenlernabend jung und frisch zu sein, obwohl ohnedies wieder nur fast ausnahmslos alleinstehende Frauen dieser Einladung folgen würden. Frauen, die möglicherweise trotz aller kreativer Gedanken die zarte Hoffnung hegen, es könnte sich wenigstens diesmal ein Märchenprinz hierher verirrt haben? Warum sollte man nicht ein wenig in Illusionen schwelgen dürfen?

Woanders Urlaub zu machen, in einem normalen Hotel oder Club würde jedoch das Gefühl der Einsamkeit oder Peinlichkeit, ohne Partner auf Urlaub zu sein, noch spürbarer machen.

Und jetzt? Kurz hinlegen. Dann zum größeren Supermarkt. So wie immer. Hin und zurück, mehrfach am Tag die staubigen und weniger staubigen Straßen entlang schlurfen. Ob das zum Abnehmen reicht? No way!

Abends...

Denn ich ging zwar die staubige Zufahrtsstraße hinunter zur asphaltierten Hauptstraße, vorbei am beliebtesten Lokal der Ortschaft, hinein in den größeren Supermarkt .... um, nicht genug enttäuscht von mir selbst, bei einer ansehnlichen Keksrolle hängen zu bleiben – so viel zum Thema Abnehmen!

Aber abgesehen davon: der aufkommende Hunger auf ein warmes Gericht - oder war es ein leises Aufkeimen von Frustration? - führte mich zu einem Strandrestaurant, wo ich mir einen wunderbaren Platz auf einer Terrasse mit Meeresblick aussuchte und mich zur Krönung des Tages für mit Reis gefüllte Tomaten, die - hätte ich das vorher gewusst, hätte ich sie bestimmt nicht bestellt! - mit in Olivenöl fast ertränkten Kartoffeln und Tsatsiki serviert wurden, entschied. So richtig griechisch! Das konnte nicht falsch sein.

Ich aß, als hätte ich den ganzen Tag noch nichts gegessen. Den Weg zurück betrachtete ich als meinen Verdauungsspaziergang. Leider musste ich, kaum auf der Terrasse meines Zimmers gelandet, die Keksrolle um drei doppelte mit Schokolade gefüllte Kekse erleichtern – da wären wir noch einmal beim Thema Abnehmen. Allerdings nur kurz, da die gut trainierten Verdrängungsmechanismen meine Schuldgefühle gekonnt vernichteten.

Die Abendveranstaltung und die Enttäuschung vor Langeweile ersparte ich mir, da meine Nachbarin auch verweigerte mitzugehen. Nach einem Gläschen Rotwein, das wir uns auf der Zimmerterrasse gönnten, und einem Ouzo wünschten wir uns eine gute, hitzeerträgliche Nacht, in der uns weder Gelsen noch Hornissen plagen würden.

Samstag 19.August

„Kein Fernseher, nicht einmal ein Radio", echauffiert sich lauernde Bequemlichkeit.
Kein Laptop. Selbst schuld. Ganz mit mir allein und meinen Gedanken. Und den sommerlichen Farben und Geräuschen am ionischen Meer. Dem faszinierenden Spiel von Licht und Schatten auf dem erdigen, mit Piniennadeln und Zapfen übersäten Boden. Das Meer rauscht im Hintergrund. Doch das Dickicht der Bäume gibt den Blick darauf nicht frei. Die warme Luft liegt wie ein Mantel auf meinem Körper. Der Wind verweht aufwallende Trägheit und umhüllt mich mit einem Duft von Freiheit.

x x x

So und ähnlich erlebte Elsa die ersten Tage in ihrem trotz zwiespältiger Gefühle geliebten griechischen Refugium. Die Zikaden geigten auch an jenem Morgen, wenngleich noch eher zurückhaltend. Es war ja auch noch nicht so heiß. Stimmen von einem bereits stattfindenden Malkurs drangen an ihr Ohr. Ganz früh morgens ging sie hinunter an den Strand zum Schwimmen. Immerhin.

Und schon wieder regte sich leise Unzufriedenheit mit sich selbst. Auch wenn sie sich nicht allzu viel vorgenommen hatte, sich keinen Druck machen wollte, hätte sie doch gerne den Kurs Kreatives Schreiben besucht, aber sie traute sich nicht drüber. Angst davor sich zu blamieren, nicht in den Flow zu kommen, wie man so cool nun zu sagen pflegte, hinderte sie daran. Angst, nicht mehr so zu sein wie vor 15 Jahren, als sie das erste Mal hierhergekommen war, unbekümmert am Schreibkurs teilnahm und zu jedem Input loslegen konnte und schöne Texte entstanden.

Diesmal bzw. schon in den letzten Jahren waren die Selbstzweifel groß. Es mit einem bekannten Schriftsteller oder einer Schriftstellerin aufnehmen zu müssen, machte sie unsicher. Nur – sie müsste es ja nicht mit ihnen „aufnehmen". Es ging doch nicht um einen Wettkampf. Sie hätte es doch bloß anders sehen müssen.

„Du machst es für dich", zirpten auf einmal die Zikaden.

„Ich mache es für mich", wiederholte Elsa. Allein - der Gedanke stand noch auf wackeligen Beinen. Ein lästiger Hemmschuh umklammerte ihre Willensfreiheit.

„Womit beginnen oder weitermachen, wenn ich zurück bin?" schoss es ihr durch den Kopf. „Mit welchem Ziel vor Augen?" Ohne bessere Computerkenntnisse würde sie wieder den Hut drauf schmeißen!

„Beschäftige dich doch damit!", sang es in ihren Ohren. *„Dann wird es schon gehen."*

„Die Skizzen fertig machen, an ihnen feilen. Die Gedichte zumindest mal abtippen. Ja, wie schon gesagt, gedacht, gewünscht, endlich mal was fertig stellen, realisieren, nicht immer nur halbe Sachen machen."

„Mach dich hörbar, mach dich sichtbar", riefen die Zikaden weiter. *„Nicht immer gleich aufgeben." „Nicht immer gleich aufgeben und die Kraft im Sand versiegen lassen!"*

Sie blickte für einige Sekunden, die sich wie eine Ewigkeit anfühlten, in das Grün der sich im Winde wiegenden Pinienzweige. Sie ging zurück ins Zimmer, steckte ein Heft, einen Stift und eine Wasserflasche in ihren kleinen Rucksack, warf ein Handtuch über eine Schulter und ging entschlossen zum Strand.

„Ja, diesmal schaff' ich's, ganz bestimmt."

„Yes, you can", zirpten die Zikaden.

„Yes, I can", strahlte Elsa ins Blau des Meeres.

Ostseefeelings

Sie stand am Flughafen, nicht ganz klar realisierend, warum sie dies tat. Sie war auf dem Weg nach Hamburg, um einen Mann zu treffen, den sie erst vor kurzem übers Internet kennengelernt hatte und mit dem sie über einen Zeitraum von knapp drei Monaten 15 E-Mails ausgetauscht und zwei Telefonate geführt hatte.

War sie nun völlig durch den Wind? Sie checkte ein, ruhig, gönnte sich ein Sandwich und einen Drink, war so entspannt und erwartungslos, dass sie gähnen musste und sich über sich selbst wunderte.

Ihrem Sohn, der sie wegen ihrer „Spontaneität" gerügt und sich auf die Stirn getippt hatte, hatte sie Jochens Adresse und Telefonnummer gegeben. Sie war sich sicher, der Typ war echt. Sie hatte seine berufliche Telefonnummer ergoogelt, in der Klinik, in der er als Psychiater arbeitete, angerufen und ihn dort erreicht. Sie hörte seine Unsicherheit, denn er hatte ihr per E-Mail mitgeteilt, dass er nicht gerne telefonierte, sich nicht gut mitteilen konnte, ihm persönliche Gespräche besser lägen. Mit Lenas Anruf hatte er nicht gerechnet, doch er zeigte Verständnis für ihren Kontrollanruf, wie er meinte.

Sie hörte sein leicht erstauntes, amüsiertes Lächeln, als sie sich am Telefon meldete – „ich bin's, Lena, aus Österreich, ich hoffe ich störe dich nicht gerade, aber ich wollte wissen, ob der Mann, den ich nicht kenne und trotzdem besuchen werde, der ist, den ich nicht kenne..." - und seine fast in Zeitlupe herausquellenden weil um Antwort ringenden Worte : „Ja, ich bin der, den du nicht kennst."

„Schon wieder ein Psychotherapeut, nein, diesmal handelt es sich sogar um einen Psychiater, auch wenn die Richtung stimmt", wunderte sie sich über diese Affinität. Seine ruhige Art zu sprechen wirkte vertrauenerweckend. Er klang authentisch. Vielleicht ein wenig zu wenig emotional, zu wenig spontan, zu gefasst.

Und er hatte ihr nicht zu viel versprochen. Er konnte tatsächlich nicht lachen. Es reichte bloß zu einem angedeuteten, sehr entfernt klingenden Geräuschlein, noch eher einem verhaltenen Schluckauf, einer sich nach echter Fröhlichkeit sehnenden in einer beim Ausatmen in einen Ton umgewandelten Reaktion auf Lenas freudig unbefangenes Geplauder.

Die Faszination, die von ihm ausging, war ursprünglich auf das gemeinsame Musikinteresse zurückzuführen. Er hatte sich allerdings ganz der solistischen Karriere verschrieben, schrieb eigene Songs. Sie hatte all diese Träume in jungen Jahren verworfen bzw. eingefroren, als die Kinder kamen. Und mit ihnen ein Mann, der sich als Workaholic entpuppte und den so oft versprochenen Familiensinn, kaum verheiratet, nicht einmal verbal unter Beweis stellte. Bis Lena die Hoffnung auf Visionen aufgab, nur mehr der drei Kinder wegen existierte und, resignierend, keine individuellen Ansprüche mehr stellte.

Nach Jahren der Verzweiflung, eines schleichenden Burnouts, der Trennung und einem zaghaften Versuch sich wieder aufzurichten, war sie an einem Punkt angelangt, an dem Partnerbörsen Eintritt in ihr im Vergleich zu vorher durchaus abwechslungsreiches Leben fanden.

Und da schneite auf einmal diese kurze E-Mail auf ihr GMX-Konto und mit ihr sein Profil. Ein Profil, das anders war. Anders, weil es Schwingungen erzeugte. Es enthielt einen englischen Songtext als Selbstbeschreibung, es klang intellektuell, originell, sensibel und distanziert zugleich.

Ein wenig zu kompliziert, womöglich? warnte vorsichtig eine Alarmglocke. Zu selbstgefällig oder selbstverliebt? schrillte sie dann schon beinahe.

Doch ohne diese Assoziationen und Prädikate wäre Lena nie und nimmer auf ihn aufmerksam geworden. Sie hatte ein goldenes Händchen für Herausforderungen. Suchte sie etwa das Scheitern? Auf jeden Fall schien in der Herausforderung der Reiz zu liegen.

Da war noch etwas – sein Wohnort! Er lebte in Schleswig, der ehemaligen Hauptstadt Schleswig-Holsteins. Und bei dem Namen Schleswig klopfte eine lebhafte Erinnerung an der Tür zu Lenas Vergangenheit.

Schleswig – ja, da hatte sie vor einigen Jahren einen Nachmittag verbracht, als sie mit einer Freundin nach drei Tagen Hamburg mit einem Mietwagen die Umgebung erforschte. Und Schleswig hatte damals eine fast magische Wirkung auf sie ausgeübt – besonders wegen der wunderschönen Malven und Rosenstöcke im Holm. Der Holm, „die kleine Insel", eine winzige, ehemalige Fischersiedlung und nun Stadtteil Schleswigs, bezauberte mit seinen Kopfsteinpflastergässchen und einem kleinen Friedhof im Zentrum, der von kleinen, fast märchenhaft anmutenden Häusern mit einer Blütenpracht davor umgeben war. Und mehr oder weniger gleich ums Eck befand sich das Johanniskloster, ursprünglich ein Damenstift, in das Jochen nach seiner Scheidung in eine der zahlreichen Wohnungen eingezogen war.

Dass sie gerade dorthin zurückfand, berührte sie, schien ihr kein purer Zufall. Die Bilder der Schlei, dem vielen Wasser, dem stimmigen Dom, dem Schloss, taten sich vor ihr auf, verschmolzen ineinander zu einem Kurzfilm. Doch der Marathon der letzten arbeitsintensiven Monate gepaart mit ihrer Aufgabe als Alleinerzieherin saß noch tief in ihren Knochen, hielt Gedanken und Sehnsüchte

fest im Zaun und lähmte die aufkeimen wollende Vor-
freude.

Wer weiß – Jochen war klein, nicht allzu groß jedenfalls
laut Profil-und Selbstbeschreibung. Also kein Mann zum
Anlehnen? Beim Gedanken an die großgewachsenen
Männer ihres vergangenen und äußerst vergänglichen
Beziehungslebens musste sie sich allerdings die lächerli-
che Klischeehaftigkeit dieser Vorstellung eingestehen.
Denn zum Anlehnen waren diese „großen" Männer völlig
unbrauchbar gewesen. Vielleicht war es längst an der
Zeit, auf kleine Männer umzusteigen? Warum nicht
einmal auf einen Mann ein klein wenig hinuntersehen
oder zumindest auf gleicher Augenhöhe sein? Das könnte ihrem angeknacksten Selbstvertrauen ohnedies nicht
schaden.

Und hierher, nach Schleswig, kam sie nun zurück. Sie
hielt Ausschau nach IHM, in der Ankunftshalle des
Flughafens von Hamburg. Und erkannte ihn sofort. Sie
blieb stehen, seltsamerweise ohne Nervosität, mit einem
fast abweisenden Blick – der Stolz, ihm nachgereist zu
sein und nicht er ihr, umhüllte sie mit dem Schleier der
Unnahbarkeit, so zumindest stellte sie sich selbst vor -
und machte ihm ein kleines, fragendes Handzeichen
um anzudeuten, dass sie ihn zu erkennen glaubte, obwohl sie sich ganz sicher war, dass er es war.

Ein ernster, ein wenig skeptischer Blick traf sie – sie trug
statt der angekündigten Jeans ein bequemes grau-
schwarzes Sommerkleid. Doch an der rosaroten Sportja-
cke, die sie als weiteres Erkennungsmerkmal unter dem
Arm trug, ging kein Zweifel vorbei. Jochen trug Jeans
und ein braunes Sakko, seine Haare waren nicht grau, er
trug keine Glatze, sondern schienen dem jünglinghaften
Photo, das er ins Netz gestellt hatte, nach wie vor zu
entsprechen. Ihre Skepsis, die sie in einer ihrer letzten

E-Mails klar zum Ausdruck gebracht hatte, erwies sich als unbegründet und verflog sofort. Er war es. Um vieles jünger aussehend als 55. So wie auf dem Bild. Einzig und allein seine Zähne, die er durch ein scheues, verlegenes oder leicht gequältes Lächeln andeutungsweise frei gab, gefielen ihr nicht besonders. Vor ihnen hatte sie Angst gehabt, denn Lena blickte prinzipiell zuerst auf die Zähne. Ungepflegte oder vom starken Rauchen verfärbte Zähne machten einen Mann für Lena zum Knock-out. Jochens Mundhöhle war allerdings noch nicht ausreichend erforscht, um ihn als potentiellen Partnerkandidaten ausscheiden zu lassen.

Sie begrüßten sich mit einer scheuen Umarmung und einem angedeuteten Wangenkuss. So machte man das, wenn man eine Internetbekanntschaft zum ersten Mal persönlich traf. Doch die leicht erotische Spannung, die bereits beim lockeren Schreiben der E-Mails ihren Gedankenaustausch beflügelt hatte, war wie verflogen. Lena war befangen, kühl, die Schlagfertigkeit wie weggeweht. Jochen bemühte sich um ein Gespräch, versuchte Lena aus der Reserve zu locken, doch da war eine Mauer, die den erwarteten unbefangenen Umgang blockierte. Jochen hatte ja angekündigt, dass er nicht der großartige Entertainer war, nicht die blödelnde, ungehemmte Frohnatur, etwas, das Lena durchaus gut beherrschte, die aber leider nie vorhersagbar sondern von ihrem unberechenbaren Stimmungsbarometer abhängig war.

Lena wusste nicht genau, warum sie so reagierte. Schämte sie sich auf einmal dafür, dass sie ihm nachgereist war und musste deshalb die Kühle spielen? Das fängt ja schon gut an, dachte sie, mit sich selbst hadernd.

Als Jochen im Auto, einem Kleinwagen - gut betucht war er also auch nicht, was ihr anscheinend doch nicht ganz egal war – über die Geschichte Schleswig Holsteins zu erzählen begann, verschloss sich Lena noch mehr. Denn ihr Geschichtewissen war in eher rudimentären Wurzeln stecken geblieben, ihr Minderwertigkeitsgefühl wegen ihrer Wissenslücken ein großes, und die Sorge, Jochen könnte ähnlich beschlagen sein wie ihr Ex-Mann, löste ein Ohnmachtsgefühl aus, das sie verstummen bzw. in eine in Desinteresse demonstrierende Pose verfallen ließ. Kriege, Herrscher, Jahreszahlen, immer dieselben Muster und Motive, dieselben menschlichen Inkompetenzen, eine endlose Wiederholung an Gräueltaten ... Geschichte demonstrierte die Unfähigkeit der Menschheit, aus Fehlern zu lernen, dachte Lena still und in sich versunken neben ihm sitzend. Dennoch - sie nickte mit dem Kopf, um Aufmerksamkeit an seinen Ausführungen zu zeigen, obwohl sie ihm nur am Rande zuhörte.

Es war schon längst finster, schon nach Mitternacht, als sie noch immer auf Schnellstraßen nach Schleswig unterwegs waren. Lena wagte keine Fragen oder Statements zu Wikingern, Angeln oder Sachsen abzugeben. Ihre Weisheit diesbezüglich war ja beschnitten, sodass sie sich durch vorgetäuschte Klugheit erst gar nicht in den Treibsand haarsträubender Peinlichkeit hineinmanövrieren wollte.

„Endlich geht es nach Schleswig hinein", seufzte Lena erleichtert doch unhörbar auf. Jochen fuhr über die Kopfsteinpflasterstraße durch den Holm.... „Ist das hier nicht eine Fußgängerzone?" Tat er dies, um ihre Erinnerung und positive Gefühle wach zu rütteln? Ja, das war der Platz, den sie sofort wieder abrufen konnte, der Wärme hervorrief und beim Glücksgefühl des Déjà-vus ein Lächeln auf ihre Lippen zauberte.

Jochen bog beim Kloster in eine enge, stockfinstere Zufahrtsstraße ein, holperte über Kopfsteinpflaster, bis große im Kreis aufgelegte Steine auffällig, fast gespenstisch weiß, in der Finsternis leuchteten. Er ließ Lena auf einem zum Kloster gehörenden Parkplatz aussteigen und fuhr mit seinem Auto in seine Garage. Überall Sträucher, hohe Bäume, altes Gemäuer, kein Asphalt.

Er nahm ihr den Koffer aus der Hand, und sie gingen zurück durch die Dunkelheit zu einem Gebäudetrakt, in dem sich seine Wohnung befand. Ein Gewölbegang und eine alte, dunkle Holztreppe führten sie schließlich zu seiner Wohnungstür.

Das schummrige Gefühl, das Lena kurz beim Überqueren des dunklen Hofes erfüllt hatte, verwandelte sich nun in angespannte Neugierde. Beide lachten sie leise, weil verlegen. Er, weil er nicht wusste, was Lena von diesen seinen Wohnverhältnissen halten würde.

Jochen schien ok. Lena erwartete keine Übergriffe. Sie hatten von Anfang an klargestellt, dass sie schon zufrieden wären, wenn sich ein freundschaftliches Verhältnis aus ihrer Internetbekanntschaft entwickeln würde. Nur... Entwicklung brauchte Zeit. Und Jochen arbeitete tagsüber, würde sich zwar bemühen, möglichst früh von seiner Praxis nach Hause zu kommen, doch im Grunde genommen würde sie sich den Tag selbst gestalten müssen.

Er führte sie durch die Wohnung, zeigte ihr ihr Zimmer, das mit schlichten Holzmöbeln und orangefarbenen Vorhängen vor einem hohen Rundbogenfenster mit Blick auf einen grünen Innenhof punktete. Ein schmales Einzelbett stand bescheiden an der Wand. Und vor dem Fenster eine naturfarbene Tonvase mit 12 Rosen, in wunderschön fließenden Farbtönen von Orange bis Dunkelrot, seinen in einer seiner E-Mails angedeuteten Gefühlszustand widerspiegelnd. Eine Geste, die Lena berührte, was sie aber Jochen in keinster Weise zu verstehen gab.

Als Jochen ihr nämlich schrieb, wie sie sich ihren Empfang vorstellte, hatte sie nur keck geantwortet: mit rotem Teppich und roten Rosen. Und da waren sie – wenngleich nicht rot, so zumindest schon leicht verfärbt auf orangefarbenem Boden. Lena sah sich verlegen um, zweifelte, ob sie seinen Vorstellungen entsprechen würde.

Die Wohnung hatte Flair. Ihr Grundriss war ein großes Quadrat mit Trennwänden. Lenas Zimmer und seines hatten eine gemeinsame Tür...Tür an Tür schlafen? Wer würde es wagen? Er? Sie? Oder keiner von beiden? Würden sie überhaupt Lust aufeinander haben?

 Er bot ihr eine Kleinigkeit zu essen und ein Glas Rotwein in der Küche an, doch das erhofft vertraute, ungezwungene Plaudern wollte sich nicht einstellen. Jochen stellte ihr eines seiner Kinder vor – eine handgefertigte Gitarre, ein Einzelstück - und konnte es kaum erwarten, sein Können unter Beweis zu stellen. Seine Stimme war angenehm, seine Intonation ausgezeichnet, das, was er sang, Balladen nach ihrem Geschmack. Sanfte Mittellage. Sie hörte zu, fand aber nicht den Mut und die Stimmung mitzusingen. Außerdem hatte sie gehofft, er würde ihr Texte oder Noten in die Hand drücken, um das gemeinsame Musizieren zu erleichtern. An ihrer Stimme schien er aber nicht wirklich interessiert, sang mit fast geschlossenen Augen, war offensichtlich auch nervös, da er sich mehrmals verspielte und verlegen über sein Missgeschick lachte. Lena lachte nicht, meinte nur leise und ruhig, um ihn nicht weiter zu verunsichern, dass ihm seine Art zu singen gefiel.

Es war schon gegen 2 Uhr früh, als sie aufstanden, um schlafen zu gehen. Der erhoffte Funke war nicht übergesprungen. Jochen bot Lena noch an, am Morgen Brötchen zu holen, doch sie lehnte dankend ab. Das wäre wirklich nicht nötig. Und ärgerte sich im nächsten Augenblick über ihre Bescheidenheit.

In der Früh lag dann eben nur ein Brötchen vom Vortag wenig verlockend auf dem Küchentisch. Lena machte sich eine Tasse grünen Tee, kaute missmutig an dem Vollkornlaibchen, das im Mund immer mehr wurde, ließ sich Zeit. Es regnete.

Der Wetterumschwung hatte einen bohrenden Kopfschmerz ausgelöst, sodass dem ersten Weg die Suche nach einer Apotheke galt. In der Domapotheke, die ihr glücklicherweise geradezu entgegengelaufen kam, kaufte sie Aspirin, und eine nette Apothekerin brachte Lena ein Glas Wasser, um die Tablette auflösen und trinken zu können. Ihr Weg ging weiter durch die Fußgängerzone, an die sie sich genauso wieder erinnern konnte, und dann zurück zum Dom, dem feierlichen Bauwerk mit seinem berühmten von Hans Brüggemann aus Eichenholz geschnitzten Flügelaltar. Sie setzte sich auf eine der kühlen Holzbänke, verweilte dort einige Zeit, einzelne Stationen ihres Lebens überfliegend und aufkeimenden Hader besänftigend, dankbar für die dennoch vielen positiven und schönen Erlebnisse.

Das Hämmern in ihrem Kopf ließ nach, und Lena schlenderte langsam den Hafen hinunter, setzte sich in ein Bistro, bestellte sich eine Fischsuppe und fühlte ihr Stimmungsbarometer zusehends ansteigen. Sie genoss die Freiheit, tun und lassen zu können, was sie wollte, diese Unabhängigkeit, niemandem gegenüber Rechenschaft ablegen zu müssen und war glücklich und erleichtert, unter den Pärchen und Familien, die fast ausnahmslos die anderen Plätze besetzten, keine Einsamkeit zu verspüren. Der Blick auf das Wasser beruhigte.

Wie würde es weiter gehen mit ihr und Jochen? War da was? Sie würde die Dinge auf sich zukommen lassen.

Jochen hatte gemeint, sie sollte den ersten Tag dazu nutzen, um einmal anzukommen – was sie auch tat. Sie spürte die Spannung der letzten Monate abklingen, konnte tief durchatmen, genoss das Gefühl, Zeit zu haben, fühlte hinein in diese Kleinstadt, mit der sie sich irgendwie verbunden glaubte, in diese neue Situation. Suchte Ruhe.

Um 16 Uhr war sie zurück, und wenige Minuten danach hörte sie Jochen die Stufen hochkommen. Das Fahrrad für Lena, von dem Jochen gesprochen hatte, musste erst besorgt werden. Und zwar von jenen Freunden, die Jochen auch ein altes Handy geborgt hatten und das er ausnahmsweise, um Lena am Flughafen nicht zu verpassen, akzeptiert hatte. Denn Jochen war ein vehementer Handygegner und wollte seinen Prinzipien nicht untreu werden – was einen Umgang mit ihm, noch dazu, wenn es um eine Fernbeziehung ging, unnötig verkomplizierte.

Dieses befreundete Ehepaar hatte Jochen angeboten, dass Lena das Fahrrad ihres beurlaubten Hausmädchens übernehmen könnte. Wollte sie mitkommen, es zu holen? Lena schluckte. Noch immer war ihr ihre Situation peinlich. Jochen lächelte über Lenas Zögern und reagierte erstaunlich locker.

„Diese Leute sind aufgeschlossene, mit beiden Beinen im Leben stehende Menschen. Sie wissen ohnedies schon alles, was uns betrifft." Aber er stellte es ihr frei, würde sonst mit seinem Rad hinfahren und irgendwie mit beiden wieder zurück. Wie weit es denn wäre, bis zu deren Haus, wollte Lena vorsichtig wissen. „Schon an die drei Kilometer, aber schön zu gehen, fast immer der

Schlei entlang." Lena willigte ein. Sie konnte ihn doch nicht mit zwei Rädern diese weite Strecke allein zurücklegen lassen.

Er schob sein Rad, und sie gingen zügig bis ans andere Ende der Stadt, in die sogenannte Bronx von Schleswig – von der allerdings Lena nichts merken konnte. Nur weil dort die eine oder andere Ausländerfamilie wohnte, schien ihr der Vergleich nicht wirklich treffend.

Jochens Freunde wohnten in einem hübschen, alten für diese Gegend typischen Haus mit Vorgarten und kleiner, angebauter Ordination. Als sie ankamen, stand Matthias mit einem Rechen in der Hand, in einem grauen Overall steckend und mit einem Nachbarn plaudernd, mit dem Rücken zu ihnen im Garten. Er sah aus wie ein Gemeindegärtner. Von einem Primargehabe keine Spur. Jochen pirschte sich wie ein kleiner Junge an ihn heran und versteckte sich hinter ihm. Matthias merkte ganz und gar nichts. Der Nachbar, mit dem er plauderte, blickte zwar etwas erstaunt drein, schnatterte aber ohne Unterbrechung weiter bis Jochen eine halblaute Bemerkung machte, auf die Lena, die am anderen Ende des Vorgartens stehen geblieben war, lachend antwortete und Matthias endlich ihrer aufmerksam wurde. Er begrüßte sie herzlich, duzte Lena sofort und strahlte so viel Lockerheit und Fröhlichkeit aus, dass ihre Bedenken auf Anhieb verflogen.

 Jochen war gut gelaunt und meinte zu Matthias, dass sich Lena eigentlich lieber versteckt hätte... was sie bestätigte und verschmitzt lächelnd hinzufügte, dass sie nicht ganz sicher wäre, ob sie das nicht noch immer wollte. Matthias schlug vor, auf ein Glas Wein hineinzukommen – er müsse sich aber vorher unbedingt duschen, wischte sich dabei mit dem Handrücken über seine feuchte Nase und begleitete sie zum Eingang. Er bat Jochen und Lena in einem unspektakulären Wohnzimmer, gemütlich, unaufgeräumt, dominiert von einem großen Fernseher und einer abgenutzten Couch, auf der einige Decken unordentlich herumlagen, Platz zu nehmen. Lena wunderte sich noch, dass Matthias mit schmutzigen Gartenschuhen durch das Wohnzimmer schlurfte – und das in einem deutschen Haushalt! - doch als sie plötzlich einen irischen Hirtenhund auf sich zukommen sah, wusste sie warum. In Häusern mit Hunden schien sich der Anspruch auf Ordnung auch bei hartnäckigem Widerstand irgendwann endgültig zu verabschieden.

Lena nahm auf einem braunen Couchsessel Platz, bis Lisa, die Hausherrin, nach sicherlich erst 15 Minuten vom oberen Stockwerk zu ihnen herunter kam, noch erschöpft von einer Nasen OP. Sie war groß, schlank, groß auch ihre Nase, ungeschminkt, sympathisch.

Routiniert durchkraulte sie das Fell der alten Hündin nach Zecken, entdeckte eine, drehte sie mit geschickten Fingern heraus und legte sie zu Lenas Entsetzen auf den Beistelltisch, wo das Insekt seine Beinchen wild bewegte. Lena schüttelte es, denn Spinnentiere, vor allem Zecken, gehörten für sie zu den ekelhaftesten Insekten. Als Lisa kurz in die Küche ging, um Wein und Gläser zu holen, meinte Jochen nur: „So ist das in einem Ärztehaushalt. Da sind alle Tabus gefallen. Ekel vor irgendetwas gibt's da kaum mehr."

Matthias kam gut gelaunt und frisch geduscht ins Wohnzimmer zurück, riss sofort die Unterhaltung an sich, stellte sein Fachwissen in puncto Wein unter Beweis, dachte, alle Österreicherinnen müssten weinkundig sein, weshalb Lena die absurde Bemerkung fallen ließ, sie trinke nur Wein, der ihr schmecke, zu recht viel mehr reiche ihr Wissen nicht. Ihr Geruchssinn wäre aufgrund ähnlicher Beschwerden wie der Lisas bereits abhanden gekommen. Wodurch sie wieder beim Thema Nasenscheidewandverkrümmung und Infektionen landeten. Matthias hatte dem Eingriff in die Nase seiner Frau beigewohnt. „Nun ist mir keine Öffnung meiner Frau mehr fremd", meinte er grinsend. Jochen saß breitbeinig auf der Couch, fühlte sich hier zu Hause, genoss diesen Trumpf der Vertrautheit, denn er kannte die Sprüche seines Freundes. Hier nahm sich niemand ein Blatt vor den Mund. So lernte Lena die besten Freunde Jochens kennen.

Das Fahrrad, weswegen sie hergekommen waren, war alt und verrostet. Doch Lena mochte es von Anfang an. Jochen meinte, sie solle es ausprobieren – aber Lena sah, dass es passte. Außerdem stellte sie keine Ansprüche und war einfach nur froh eines zu haben. Matthias meinte noch: „Es ist ein wenig klein, aber du hast ja ohnedies kurze Beine." Worauf Lena mit einem spitzen „Danke" reagierte und Matthias sich lachend seines Charmes bewusst wurde.

Beim Abschied nahm Matthias ihre Hand in seine Hände und wollte etwas Persönliches in bezug auf sie und Jochen sagen, doch Lena wich seinem Blick aus, blockte ab, indem sie sich rasch für den netten Nachmittag bedankte. Sie genierte sich noch immer, dass sie Jochen über das Internet kennengelernt hatte und dass sie es war, die Jochen nachgefahren war und nicht umgekehrt. Matthias verblieb bei einem „Viel Spaß euch beiden!" mit einem lächelnden Augenzwinkern zu Jochen, einer Bemerkung, die eindeutig zweideutig klang, aber auch herzlich.

Der Rückweg auf Rädern führte sie zum Wikinger Museum. Wortlos, ohne Unterbrechung, fuhren sie die leicht abschüssige Straße hinunter zurück zur Kreuzung und bogen in eine Seitenstraße in Richtung Haithabu ein, jenen Stadtteil Schleswigs, in dem sich das Wikingermu-

seum befand. Das Museum war allerdings schon ge-
schlossen, sodass Jochen den Museumsweg, der am Wasser entlang und an Weideplätzen mit kleinwüchsigem,
schottischem Rind vorbeilief, einschlug. Ein wunder-
schönes Naturschutzgebiet, schilfreich mit Wasservögeln
aller Art, schien sie geradezu zu umarmen. Die Idylle
machte Lena sprachlos und verlegen wegen der intensi-
ven Gefühle, die diese liebliche Landschaft in ihr auslös-
ten. Es war als hätte sie gerade Zutritt zu einer anderen
Welt bekommen.

Auf einer Brücke, die über das Noor führte, blieb Jochen
abrupt stehen. Der Blick auf Wasser, Schilf und Wälder
war einzigartig. Die Landschaft strömte unerbittliche
Ruhe aus. Lena fühlte seinen Blick auf ihr. Erwartete er
einen emotionalen Ausbruch? Eine Geste, die sie aufeinander zugehen ließ wegen der magischen Stimmung?
analysierte sie kühl, womit sie sich erfolgreich gegen die
sich aufdrängende Chance, einander in die Augen zu
sehen und Gefühlen freien Lauf zu lassen, wehrte. Sie
wich ihm aus, ließ ihn mit seinen Erwartungen alleine
und ärgerte sich im selben Augenblick darüber. Enttäuscht, einander nicht näher gekommen zu sein, setzte
Jochen die Fahrt fort, suchte eine Abkürzung, verirrte
sich in einen unwegsamen Feldweg, sodass sie die Räder
zurückschieben mussten... dies alles schweigend, bis sie
wieder auf dem Radweg landeten, der sich die Schlei
entlang in Richtung Stadtzentrum zurückschlängelte.

Was für eine Gegend! Sie hatte Lena erobert. Ihre Sinne
waren wach wie schon lange nicht mehr. Nur die Tür zu
ihm blieb verschlossen. Sie empfand nichts und war enttäuscht. Was wohl in ihm vorging? Er wirkte ähnlich
irritiert wie Lena.

Zurück bei ihm saßen sie sich bei Salat mit Brötchen und
Käse gegenüber. Ihr war nicht nach großartigem Essen,

auch wenn es vielleicht nett gewesen wäre, auswärts zu speisen. Letzteres war aber scheinbar nicht seins. Er lebte lieber genügsam und bewusst. Die Atmosphäre in seiner Wohnung tat Lena gut, hatte fast etwas Meditatives, das sie genoss und sie das Vorhandene schätzen und genießen ließ. Wiederum nahm er die Gitarre zur Hand, diesmal lockerer. Lena war nicht nach Singen, sie hörte zu. Abgesehen davon wirkte sein Interesse an ihrer Stimme versteckt bis nicht vorhanden. Zwischendurch verlief die Konversation irgendwie unrund, die Mauer wollte nicht brechen.

Nach dem zweiten oder dritten Glas Rotwein erzählte Jochen unter anderem von seinem ehelichen Sohn, dem er sehr viel näherstand als seinem älteren Sohn, der aus einer Zeit stammte, in der er sich der Vaterschaftsrolle noch nicht gewachsen sah. Seine damalige Unentschlossenheit führte zum Bruch der Beziehung. „Kein Wunder", biss sich Lena auf die Zunge, weil doch der Wunsch nach Familienplanung naheliegend war, wenn ein Kind unterwegs war und verletzend das Gefühl, dass diese Botschaft keine Freude auslöste.

Der Rotwein hatte dennoch auch ihren Redefluss in Gang gesetzt. Sie plauderte freimütig über ihre gescheiterte Ehe, ihr Gefängnis, wie sie es nannte, die mangelnde emotionale Intelligenz ihres Exmannes, ihre Unfähigkeit sich zu befreien.....bis Jochens leicht süffisantes Lächeln und seine Bemerkung: „Ich kommentiere das alles nicht" ihrer Offenheit ein jähes Ende setzte. Sie lief innerlich rot an. Arrogant klang er, ohne Verständnis und Interesse.

Es geht ihm nur um sein eigenes Ego, er will Applaus für seine musikalische Darbietung, bauchgepinselt werden, dachte sie. „Du scheinst dich auszukennen", meinte sie spitz.

„Klar, ein Psychiater weiß, wovon die Rede ist. Welche Therapie würdest du mir verordnen?" Wieder schlich ein selbstgefälliges Lächeln über sein Gesicht, auch wenn er sich des Zynismus in Lenas Bemerkung bewusst war. „Ja, ich denke schon, dass ich mich auskenne. Mit Frauen auskenne. Ich hatte schon mit so vielen Patientinnen Gespräche über ihre Beziehungen, über die Gründe für ihre Trennungen – es ist immer dasselbe Muster." „Ah ja? Dann hast du wohl viel gelernt, um dieses Muster bei deinen eigenen Beziehungen durchbrechen zu können!" provozierte sie leise. Er antwortete nicht.

Wo nimmst du diese Überheblichkeit her? Glaubst du alle Frauen seien gleich? Was für ein Schwarz-Weiß-Denken! wollte sie ihm an den Kopf schleudern. Der Abend war für sie beendet, was auch Jochen spürte. Die anfänglich winzig aufgekeimte Nähe war vollständig verpufft.

Lena schluckte die Enttäuschung mit dem letzten Schluck Rotwein hinunter und hatte keine Lust mehr, das Gespräch weiterzuführen. Der Abend war eben vorbei, auch wenn die Nacht schon längst begonnen hatte. Sie erhoben sich quasi gleichzeitig – keiner wollte als Verlierer dastehen – mit der Bemerkung, es wäre spät. Jochen musste früh auf, und Lena wollte ihre Besichtigungstour noch am Vormittag beginnen. Nicht der geringste Versuch einer körperlichen Annäherung. Nach einem Kurzbesuch im Badezimmer verschwanden sie in ihre aneinander liegenden Zimmer.

Wozu das alles? Der ganze Aufwand? Das Hin-und Hermailen? Das Sich-Mut-Machen? Die leicht erotisierenden Emails, die sie sich geschickt hatten, die schüchternen Telefonate? Spontan und ohne Reue hatte Lena das Ticket gebucht – ein Ticket, das nach Freiheit gerochen hatte. Und nun vermasselte sie es? Nun, da sie da war, wollte die Stimmung, die sie diesen Schritt hatte machen lassen, nicht mehr aufkommen? Das konnte nicht alles gewesen sein!

Sie lag lange wach, grübelte, kränkte sich, machte sich Vorwürfe. Wie sollte es weiter gehen? Sollte sie ihre Sachen packen und nach Hamburg fahren? Aber allein eine Stadtbesichtigung zu machen, danach stand ihr so gar nicht der Sinn. Sie schlief ein mit dem Vorsatz, in der Früh locker zu sein. Es war schließlich Wochenende, die Zeit, die sie gemeinsam verbringen konnten, um sich näher zu kommen. Falls sie das noch wollten.

Der erste Schritt gelang. Gemessen an der Zurückhaltung des Vortages polterte Lena geradezu in die Küche. Sie war über ihr unbefangenes Guten Morgen selbst erstaunt, so natürlich bewegte es sich über ihre Lippen und rang damit sogar einem die Brauen hochziehenden Jochen ein Lächeln ab. Sie gingen zum nahen Bäcker, besorgten sich frische Brötchen und besprachen den Tagesablauf. Jochen wollte zuerst einkaufen gehen und am späten Nachmittag einen Ausflug ins Landesinnere zu einem kleinen Dorfgasthaus, in dem Livemusik gespielt wurde, machen. Lena war alles recht. Zumindest hatte er sich etwas überlegt. Der Gang in den Supermarkt war kühl, beide taten, als wäre nichts zwischen ihnen gewesen. Sie hatten ja ausgemacht, dass sie auch als gute Bekannte scheiden würden ohne zu hadern. Man würde dieses Wochenende hinter sich bringen, bemühte sich um Schadensbekämpfung. Sie kauften die wesentlichsten Dinge, Obst und Gemüse, in einem Bioladen ein. Jochen war sehr sparsam. Irgendwie nett, dachte Lena vorsichtig.

Zuerst machten sie einen Abstecher zu Jochens Lieblingsbadeplatz. Sie fuhren durch sanfte Hügellandschaft an sich wiegenden Feldern entlang, bis zu einer kleinen Bucht an einem Flussnebenarm, die Jochen dazu benutzte, ungeniert kurz nackt zu baden. Lena war etwas erstaunt, war nicht darauf gefasst, überspielte ihre Verblüfftheit mit Gleichmut, während sie selbst angezogen am Ufer saß. Das Wasser hatte höchstens 18 Grad. Hatte er erwartet, dass sie auch nackt vor ihn hintrat? Hatte er irgendwelche Absichten? Und wenn schon, dachte sie. Wäre auch ok. Und blinzelte nach leichtem Zögern auf seine selbstbewusst zur Schau gestellte Nacktheit. Und war beeindruckt.

Zurück zu Hause nahmen sie einen kleinen Imbiss zu sich. Lena war es nur recht, dass Jochen kein Fleischesser war – er aß langsam und bewusst, seine Art zu essen, entschleunigte, beruhigte. Sie dachte an ihre eigene hastige Essensweise und war fast dankbar für diese neue Erfahrung.

Das Dorfgasthaus, das sie nicht auf Anhieb fanden, lag abgelegen inmitten grüner Wiesen und Felder. Nur wenige Autos standen auf dem kleinen Parkplatz. Das Haus mit seinen Holzbalken und rustikalem Äußeren wie Inneren wirkte gemütlich und einladend. Nur wenige Gäste saßen herum. Es konnten ja noch mehr werden. Der Wirt war selbst Musiker, an die 60 mit langen Haaren und Bierbauch, freundlich und locker, ebenso seine Frau. Sie lebten offensichtlich ihren Traum. Gewinn stand nicht an oberster Stelle ihrer Prioritätenliste, sondern Lebensfreude. Das Livekonzert blieb schwach besucht, aber die Stimmung war gut. Die bekannten Lieder aus den 70er Jahren luden zum Mitsingen ein. Lena und Jochen lachten, wenn sie sich bei Textlücken ertappten, saßen etwas schüchtern Schulter an Schulter nebeneinander, fühlten sich wohl. Sie verdrängten die Erinnerungen an den Vorabend, manchmal drängte sich sogar das

Bedürfnis auf, den anderen an der Hand zu fassen, und es gelang ihnen, gut gelaunt und entspannt einen schönen, versöhnlichen Abend zu verbringen.

Für den darauffolgenden Sonntag war ein Badeausflug an die Ostsee geplant. Jochen warnte sie vor dem kalten Wasser und der hier beliebten Nacktkörperkultur. Der gepflegte Strandabschnitt, den man nur mit Eintrittskarte besuchen konnte, lag in einer Dünenlandschaft, die auf Lena distanziert reizvoll wirkte. Weißer Sand, ein dunkelgraues Meer, dessen Finsternis ihr Respekt einflößte, ein leicht bewölkter Himmel und eine mäßige Außentemperatur verlockten nicht unbedingt zum Schwimmen. Jochen suchte einen Liegeplatz im Schutz eines hohen Dünenwalls, von hohen, zarten Gräsern seitlich umringt, und zog sich ungeniert aus, da Nacktbaden hier Usus war. Sein Körper schlank und sportlich wie der eines gut trainierten 30-Jährigen. Erst im zweiten Anlauf legte Lena ihr Bikinioberteil ab - ganz nackt wollte sie sich nicht präsentieren, das war grundsätzlich nicht ihre Art. Auch wenn der Strand nur mäßig frequentiert war, so tummelten sich doch in fast unmittelbarer Nähe Frisbeespieler und eine vierköpfige Familie herum.

Jochen streckte sich voller Selbstvertrauen auf seinem knappen Handtuch aus, ließ sich seine Haare ins Gesicht wehen und schien sich seiner Attraktivität bewusst. Wollte er sie provozieren? Wollte er Sex? Ist ja auch nur ein Mann, schoss es ihr durch den Kopf. Was wollte SIE eigentlich? Genau wusste sie das nicht. Bloß keine Komplikationen, eine schöne Zeit, so viel war gewiss - und fühlte sich wieder einmal wie ein Schulmädchen. Bescheiden, sittsam und rein, worauf sie als Kind gedrillt worden war.

Lena gab sich einen inneren Ruck und löste ihre Anspannung durch seichtes Herumblödeln, das erstaunlich
gut funktionierte, bis sie an einem Punkt anlangten, an
dem sie auf einmal in ein sich vertraut anfühlendes Gespräch hineinkippten. Jochen erzählte von seiner Exfrau, und Lena schlüpfte in die Rolle der Zuhörenden
und nur vorsichtig Nachfragenden, um seinen Redefluss
nicht zu unterbrechen, sein Vertrauen nicht zu irritieren.
Sie spürte, dass er noch längst nicht alles überwunden
hatte, dass er diese Frau sehr geliebt haben musste, es
vielleicht noch immer tat, aber seine komplizierte ego-
zentrische Art, seine mangelnde Flexibilität und Unfähigkeit auf ihre Bedürfnisse einzugehen, die Beziehung
zum Scheitern gebracht hatte. Sie verliebte sich in einen
anderen Mann, der so wie sie viel verreisen wollte und
offensichtlich besser in der Lage war, eine Partnerschaft
zu leben. Jochen war zu sehr auf seine Musik fixiert, zu
sehr in sich selbst verliebt. Sie fand nicht mehr genug
Platz in seiner engen Welt. Sie wollte mehr.
Lena lauschte seinen Worten, sie lagen eng nebeneinander, er auf dem Rücken, Lena auf dem Bauch, sie
verstand seine Frau und empfand Mitleid mit ihm, der
offensichtlich nicht aus seiner Haut konnte. Sie fühlte
sich ihm auf einmal sehr nahe und spürte die Spannung,
die zwischen ihnen aufgekommen war. Um Worte verlegen ließ sie gedankenverloren Sand, mit dem sie schon
die längste Zeit herumgespielt hatte, auf seinen Bauch
rieseln. Er neigte den Kopf zu ihr, seine Erregung nicht
verbergen wollend, drehte sich zu ihr und küsste sie. Die
Sinne nahmen sie in ihren Bann, wären da nicht die
Stimmen anderer Leute gewesen. Und auch wenn ihr
Liegeplatz recht geschützt war, so war er nicht einsam
genug, um sich ganz ineinander verlieren zu können.

Lächelnd und nur ungern ließen sie schließlich voneinander ab, glücklich über die wunderbare Anziehung, die zwischen ihnen aufgekommen war. Jochen lief zum Ufer und stürzte sich ins Wasser. Drahtig seine Figur, knackig sein sich rasch hin-und herbewegendes Gesäß, bis es im Meer verschwand. Seine Begeisterung machte ihr Mut, doch das Wasser war so kalt, dass es ihr den Atem nahm und sie es nur bis zum Bauch ins Wasser schaffte. Mit blauen, zitternden Lippen lief sie zurück zur wärmenden Decke.

Frische Krabbenbrötchen in Maasholm sorgten auf der Heimfahrt für leibliches Wohl. Sie aßen sie auf einem Felsen am Meer sitzend, stillschweigend, der Wind wehte heftig ohne an der Harmonie der Stimmung rütteln zu können. Alles schien im Lot.

Auch wenn Jochens Miene bei ihm zu Hause zwischendurch immer wieder einmal in Momente grübelnder Nachdenklichkeit verfiel, war der Abend eine Entschädigung für das Debakel der Vortage. Wein, Musik, Tanz und Leidenschaft, die beide in ihrer unerwarteten Intensität verblüffte und beglückte, brachten sämtliche Mauern zum Einsturz.

Der nächste Tag war wieder ein Arbeitstag. Er führte Lena zu Schloss Gottorf, wo sie ein beeindruckendes Kulturprogramm absolvierte. Auf dem Rückweg freute sie sich über ein Plätzchen an der Schlei, wo sie ihren Gedanken nachhing, alle Fäden, die ein einengendes Netz spinnen wollten, locker lassen konnte und der Blick aufs Wasser und die Schilflandschaft sie mit der für sie so wichtigen Ruhe durchströmten. Die Freiheit, die sie dabei empfand, löste sämtliche Spannungen – zumindest für diesen Augenblick.

Jochen kam früh von der Arbeit zurück, wirkte fröhlich, umarmte sie kurz und fast liebevoll, öffnete eine gute

Flasche Rotwein, zauberte aus einfachen Lebensmitteln ein gutes Abendessen ohne Fleisch und war gesprächig. Mit fortschreitender Stunde und zunehmendem Übermut schlug Jochen vor, Lena an einen besonders schönen Platz am Fluss zu bringen. Mit zwei Gläsern und einer halbgeleerten Flasche Wein schlichen sie kichernd wie zwei Teenager durch den Garten einer Nachbarin hinunter zu einem privaten Bootsanlegesteg, einer kleinen romantischen Oase, von Sträuchern umwuchert, mit freiem Blick auf die glatte Wasseroberfläche der Schlei, in der sich die Lichter des anderen Ufers spiegelten. Sie kuschelten sich aneinander und Jochen plauderte mit gelöster Zunge über sich, spürte in sich hinein und beschrieb sich als Loner, dessen Beziehungen immer wieder scheiterten. Der Herr Psychiater war also auch kein einfacher. „Lernt Mann denn kein bisschen durch die vielen Stunden Gesprächstherapie, die er mit seinen Patientinnen führen muss?" neckte sie ihn. „Wenn du nicht aufhören kannst, deine Exfrau in jeder neuen Beziehung zu suchen, könntest du allein bleiben." „Du hast mich durchschaut", bemerkte er etwas bitter, einen melancholischen Blick über ihr Gesicht gleiten lassend.

Zurück in seiner Wohnung wollte die Nacht nicht enden als wüssten sie, dass nicht nur sie ein Ende nehmen würde. So stark war das Bedürfnis, einander zu lieben und sich dem anderen hinzugeben.

Der letzte Vormittag verlief hektisch. Lena hatte noch nicht gepackt. Das Aufstehen fiel ihnen schwer. Lenas Flug ging um 14 Uhr, und Jochen hatte am Nachmittag einen Termin. Lena war betrübt, überspielte dieses Gefühl mit Gleichmut, tat so als würde ihr der bevorstehende Abschied nichts ausmachen. In seiner Miene konnte sie nichts lesen. Im Auto versuchte er ein Gespräch zu beginnen um zu resümieren. Lena stieg nicht darauf ein, zu negativ war ihr Denken, zu wenig glaubte sie selbst daran, dass Jochen jemals aus seiner kleinen Welt heraustreten würde. Er war nicht einmal bereit ein Handy zu kaufen, er wollte sich in kein Flugzeug setzen. Das konnte nichts werden, würde ihr womöglich zu viel Energie abverlangen und wahrscheinlich nirgendwo hinführen. Doch er ließ nicht locker, wollte wissen wie Lena ihre Situation sah. Sie wusste es nicht, meinte, dass sie mehr Zeit bräuchten, dass sich ihre Beziehung erst entwickeln müsste. Er sah es ähnlich, wusste nur, dass er noch nicht so weit war und die Entfernung gegen sie spielte. „Ja", meinte sie mit gekünsteltem Lachen, „da hast du wohl recht, auch wenn es heißt: Wo ein Wille, da ein Weg."

Am Flughafen war die Hölle los. Jochen versuchte gestresst einen Parkplatz im Freien zu finden. "Lass es bitte, nicht nötig. Du musst mich nicht hinein begleiten. Ich weiß, du hast es eilig", sagte sie mit unterdrückter Wehmut. Sie umarmten sich kurz. Er suchte ihren Blick. Sie wich ihm aus.

„Es war schön mit dir!" „Ja, es war schön mit dir", erwiderte sie schnell. „Schauen wir einmal." „Ja, schauen wir einmal!" lächelte sie ein wenig gequält und hastete unbeholfen winkend davon.